P9-APO-200

© 2010 Lucasfilm Ltd. & TM

© Hachette Livre, 2010, pour la présente édition.

Conception graphique du roman : Laurent Nicole.
Traduction : Jonathan Loizel
Hachette Livre, 43, quai de Grenelle, 75015 Paris.

STAR WARS

THE CLONE WARS

Le retour de R2-D2

□ hachette
JEUNESSE

Les planètes de la galaxie doivent choisir leur camp : s'allier aux Séparatistes ou aider les Jedi à protéger la République ? Un seul clan survivra à cette guerre. Le vainqueur contrôlera la galaxie tout entière, et fera régner la paix ou la terreur...

Les Jedi

L'ancien padawan
d'Obi-Wan est devenu
un Chevalier Jedi impulsif
et imprévisible. Il a une
maîtrise impressionnante
de la Force. Mais est-il vraiment
l'Élu que le
Conseil Jedi attend ?

Ahsoka Tano

Yoda a voulu mettre Anakin à
l'épreuve : il lui a envoyé une
padawan aussi butée
et courageuse que lui…
Cette jeune Togruta possède
toutes les qualités nécessaires pour
être un bon Jedi,
sauf une : l'expérience.

Les Jedi

Général Jedi,
il commande l'armée
des clones. Il est reconnu
dans toute la galaxie
comme un grand guerrier
et un excellent négociateur.
Son pire ennemi est
le Comte Dooku.

Maître Yoda

C'est probablement
le Jedi le plus sage
du Conseil.
Il combat sans relâche
le Côté Obscur de la Force.
Quoi qu'il arrive,
il protégera toujours
les intérêts de
la République.

Ces soldats surentraînés
ont tous le même visage
puisqu'ils ont été créés
à partir du même modèle,
sur la planète Kamino.
Le bras droit d'Anakin,
le capitaine Rex,
est un clone aussi entêté
que son maître !

Les Séparatistes

Asajj Ventress

Cette ancienne Jedi a rapidement préféré le Côté Obscur de la Force. Elle est la plus féroce des complices du Comte Dooku, mais surtout, elle rêve de détruire Obi-Wan.

Le Comte Dooku

Il hait les Jedi. Son unique but est d'anéantir la République pour mieux régner sur la galaxie. Il a sous son commandement une armée de droïdes qui lui obéissent au doigt et à l'œil.

Le Général Grievous

Ce cyborg est une véritable machine à tuer ! Chasseur solitaire, il poursuit les Jedi à travers toute la galaxie.

Darth Sidious

Il ne montre jamais son visage, mais c'est pourtant ce Seigneur Sith qui dirige Dooku et les Séparatistes. Personne ne sait d'où il vient mais son objectif est connu de tous : détruire les Jedi et envahir la galaxie.

CHAPITRE 1

Où est R2-D2 ?

Le *Twilight* surgit hors de l'hyperespace et fonce vers les lunes de Ruusan, cachées sous les nuages. Un clone pilote le vaisseau pendant que le Capitaine Rex étudie la carte du système planétaire sur un écran. Anakin et Ahsoka sont à ses côtés.

— Monsieur, la dernière transmission vient de cette lune-là, annonce Rex.

Soudain, une structure en forme de dôme apparaît sur les écrans.

— C'est une base Séparatiste ! s'exclame Anakin.

— Je reçois beaucoup de transmissions codées depuis cette zone, lance Ahsoka.

— Appelez Obi-Wan, ordonne le Jedi, avant de se tourner vers R3. Et toi, brouille la communication en utilisant le code 1-4-7-7. La base secrète ne doit rien entendre de la conversation avec Obi-Wan.

R3 se connecte à l'ordinateur, et un hologramme d'Obi-Wan apparaît devant les Jedi.

— Anakin ?

— Je pense que nous avons trouvé la base d'écoute des Séparatistes, explique Anakin.

— Beau travail ! Restez en position et attendez que j'envoie deux croiseurs pour vous aider à la détruire.

— Mais R2… commence Ahsoka d'un air inquiet.

— Nous pensons que R2 est retenu dans cette base, reprend Anakin. C'est lui qui nous a guidés jusqu'ici.

Obi-Wan fronce les sourcils.

— Hmm, ça complique les choses. Il faut que tu te faufiles dans la base et que tu le détruises avant que les Séparatistes ne piratent sa mémoire.

Anakin n'a pas l'air satisfait du plan d'Obi-Wan. Lui, il veut récupérer R2…

— Je sais que tu aimes ce droïde, mais il est aux mains des Séparatistes maintenant, ajoute Obi-Wan.

— Je suis sûr que je peux le sauver.

— Impossible, il ne s'agit pas d'une mission de sauvetage !

La transmission s'interrompt après ce dernier ordre d'Obi-Wan, et Anakin se tourne vers le pilote du *Twilight*.

— Continue de brouiller leurs radars. Si jamais ils nous voient, nous sommes fichus.

Le Jedi observe l'énorme point rouge formé par la base séparatiste sur le radar : R2-D2 est forcément quelque part là-dedans ! Anakin a reçu des ordres d'Obi-Wan, mais il sait très bien ce qu'il lui reste à faire. Il va détruire la base et sauver R2-D2 en même temps.

Il informe aussitôt Rex et Ahsoka de son plan. Ils sont tous rassemblés dans la soute du *Twilight*, à côté du vaisseau d'Anakin. Rex et quatre autres clones préparent leurs armes pour le combat, pendant qu'Anakin remplit un sac à dos de détonateurs thermiques.

De son côté, Ahsoka attache un harnais autour de R3.

— Vous prenez le droïde ? lui demande Rex avec curiosité.

— Nous avons besoin de lui pour ouvrir les portes sécurisées et nous connecter aux ordi-

nateurs, explique la jeune fille. Au fait, c'est
toi qui l'emmènes.

— Ah... Génial, marmonne Rex.

Le *Twilight* passe au-dessus des nuages et
survole la base d'écoute. Ahsoka se tient devant la porte ouverte de la soute et regarde
les nuages en souriant.

— Suivez-moi les gars ! crie-t-elle, avant de
se jeter dans le vide.

CHAPITRE 2

L'arrivée des Jedi

Elle ouvre grand les bras et saute. Anakin la suit, accompagné par les quatre clones et R3, solidement attaché à la poitrine de Rex.

Ils passent rapidement à travers les nuages et aperçoivent bientôt la base. C'est à ce moment-là qu'ils activent leurs rétrofusées pour atterrir en douceur. Les clones se moquent de Rex, qui a bien du mal à garder l'équilibre sous le poids de R3.

— La prochaine fois, vous vous en occuperez, grogne le capitaine.

Ahsoka a déjà commencé à découper le toit de la base à l'aide de son sabre-laser. Elle délivre ensuite R3 de son harnais et ils pénètrent tous à l'intérieur. Deux droïdes de combat montent la garde à l'entrée d'un couloir.

— Toute cette humidité abîme mes servomoteurs, se plaint un des droïdes.

— Va au niveau huit te faire remettre les circuits en place, tu te sentiras mieux, lui suggère l'autre robot.

— C'est une bonne id...

Mais il n'a pas le temps de terminer sa phrase. Un des clones lui saute dessus et le frappe, d'un coup sec.

— Hé, qu'est-ce que vous... s'écrie l'autre droïde, avant que Rex ne le fasse exploser en morceaux.

Le Capitaine Rex fait signe à Anakin et Ahsoka que la zone est sécurisée, et ils empruntent le couloir ensemble.

Ils arrivent devant un grand tableau de bord.

— Allez, au travail, petit, ordonne Anakin à R3.

Le droïde se connecte et son interface se met à pivoter. Un hologramme de la base Séparatiste apparaît devant eux, et le Capitaine Rex pointe du doigt leur position actuelle : ils sont exactement au centre du dôme.

— Nous sommes ici, commente-t-il. Les réacteurs sont à trente niveaux en dessous.

— Ahsoka, tu te charges d'aller faire exploser ces réacteurs avec les clones, explique

Anakin. La gravité fera le reste. Je vous retrouve dans le hangar.

— Où allez-vous ? demande la jeune fille.

— Je vais simplement faire un petit tour, répond Anakin d'un air innocent.

Puis il part en courant dans le couloir. La padawan s'occupe d'assembler les explosifs.

— J'espère que vous retrouverez R2 en un seul morceau, lui crie-t-elle.

— Que la Force soit avec toi. Garde espoir, jeune apprentie !

— J'ai l'impression que c'est encore à nous de terminer cette mission. Comme d'habitude, lance Ahsoka en se tournant vers Rex.

Ils empruntent le couloir dans la direction opposée, tandis que R3 est resté en retrait, caché dans un coin sans qu'Ahsoka s'en aperçoive. Une petite antenne sort du sommet du droïde et un hologramme du Général Grievous apparaît devant lui.

— *Bip, bip, bip !* fait R3.

— Les Jedi sont ici ? Retiens-les jusqu'à ce que j'arrive ! ordonne le général.

— Où es-tu, R3 ? appelle la jeune fille.

Le droïde replie son antenne et sort précipitamment de sa cachette en se cognant contre Ahsoka.

— Qu'est-ce que tu fabriques ? Dépêche-toi un peu !

Ahsoka se pose des questions : R3 agit bizarrement. Mais ce n'est pas le moment de penser à ça. Pour l'instant, elle doit faire exploser la base.

Dans la salle de décodage, c'est l'état d'urgence. Grievous aboie ses ordres aux techniciens Aqualish.

— Activez l'alarme ! hurle-t-il.

Pendant ce temps, R2 est toujours attaché sur la machine de désassemblage de droïde. Tout un tas de câbles est connecté à l'intérieur de sa carcasse ouverte. Même le sommet arrondi du droïde a été enlevé. Gha Nachkt est occupé à analyser les informations

qu'il extrait du petit droïde par des câbles.

Le Trandoshan appuie sur un bouton et R2 se met à bipper nerveusement. Son projecteur holographique vient de s'activer et affiche un ensemble de plans, diagrammes et des documents détaillés sur les plans d'attaque de la République. Gha Nachkt écarquille les yeux.

— C'est… c'est… Général Grievous ! s'écrie-t-il.

— Que se passe-t-il ? crie le général.

Gha Nachkt hoche la tête en montrant les images.

— On dirait que la mémoire de ce droïde n'a jamais été effacée, explique-t-il. Elle contient toutes les stratégies et les informations sur la République !

— Beau travail. Cette fois, tu as bien mérité ta récompense.

— Et même plus, répond Gha Nachkt avec un petit sourire. Ce droïde vaut plus que prévu, alors je veux un bonus. Je pense que…

Mais avant que le Trandoshan ne finisse sa phrase, Grievous s'empare d'une arme et l'abat d'un tir de laser.

— Le voilà, ton bonus ! lâche le général dans un rire diabolique avant de s'approcher de R2-D2. Maintenant, je vais m'occuper de toi…

Le droïde n'est pas en état de se défendre. Il essaie d'émettre un *bip*, mais il n'arrive qu'à produire un son étouffé.

— Ne t'inquiète pas. Je ne laisserai personne te faire du mal.

Mais au même moment, une puissante alarme retentit dans la base. Quatre gardes

Magna font leur entrée dans la salle de décodage et entourent Grievous. Les troupes
d'élite personnelles du général sont plus dan-
gereuses que les droïdes de combat. Chaque
Magna possède une sorte de bâton, terminé
par de puissantes charges électriques.

— Les soldats de la République viennent
d'entrer dans la base, leur explique Grievous.
Gardez un œil sur ce droïde.

— Oui, général, répond un des gardes,
avant d'encercler le droïde avec les autres
Magna.

Grievous se rue hors de la salle, soulagé de savoir le droïde en sécurité.

— Je vais m'occuper de ces maudits Jedi moi-même ! hurle-t-il.

CHAPITRE

4

Les droïdes de combat

Ahsoka et Rex arrivent rapidement à la salle du générateur.

— Nous sommes devant la salle des réacteurs, monsieur, annonce Rex à Anakin dans son émetteur. L'alarme a enclenché la fermeture d'une porte de sécurité équipée d'un bouclier laser.

— Ça va être très long de passer cette porte, commente Ahsoka en regardant les rayons.

— Bonne chance. Moi, je m'occupe de retrouver R2, répond Anakin.

— À toi de jouer, R3, lance la jeune fille a
droïde qui se met au travail à l'aide de so
interface.

— Tout va bien se passer, dit Rex.

Quatre clones montent la garde penda
que R3 s'active sur la porte, mais le bruit
super droïdes de combat se fait entend
dans le couloir. Les clones se tiennent prê
à faire feu.

— Les droïdes se rapprochent, s'inquiè
Rex. Vous pensez que R3 va pouvoir s'en
cuper ?

— Un peu de patience, capitaine. Il va
faire.

Les bruits de pas arrivent maintenant
l'autre direction ! Les clones se mettent
position pour faire face à une attaque
deux côtés.

— Je peux essayer de pirater la porte, m
sieur, lance Denal, un des clones.

Ahsoka lui jette un regard agacé, mais
doit reconnaître qu'il a raison : R3 est b
trop lent.

— Dépêche-toi, R3 ! le presse-t-elle.

Le droïde bippe et fait pivoter son interface mais la porte reste verrouillée, alors que les premiers droïdes de combat apparaissent au bout du couloir.

— Nous n'avons plus le temps, annonce Rex.

— Éliminez-les ! crie le capitaine des droïdes avant d'ouvrir le feu.

Les clones esquivent les tirs de laser des droïdes et répliquent en se collant contre les murs pour se protéger. Mais des tirs arrivent aussi de l'autre côté. Ahsoka active alors son sabre laser et fonce droit sur les droïdes pour repousser les tirs qui visent Rex et R3.

Soudain, une autre porte de protection se referme devant la première ! R3 n'arrive pas à l'ouvrir, il ne fait qu'empirer les choses. Le Capitaine Rex fixe Ahsoka, qui sourit timidement. Mais ce n'est pas le moment de gronder R3.

Quatre super droïdes de combat s'approchent d'eux. Ils sont massifs et lourdement équipés, avec leurs doubles canons intégrés. Ils tirent aussitôt sur Ahsoka et les clones.

— Rex ! Les grenades, maintenant ! crie Ahsoka.

— Tout de suite ! hurle Rex.

Les clones sortent des grenades IEM qui mettent hors d'état les appareils électriques de la zone. Ils les font rouler vers les assaillants. Les droïdes sont puissants, mais pas très adroits. Ils tentent sans y parvenir de ti-

rer sur les grenades avant qu'elles n'arrivent sur eux.

Les grenades s'arrêtent devant les droïdes, et s'élèvent dans les airs en libérant une onde de choc électromagnétique qui fait complètement griller leurs circuits.

Un des droïdes en prend une dans la main par curiosité, et s'écroule lorsqu'elle explose.

Bientôt, il ne reste plus aucun droïde en état d'attaquer et R3 a finalement réussi à ouvrir la porte menant au générateur. La jeune apprentie et les clones se précipitent aussitôt

à l'intérieur, prêts à poser les charges explosives, mais ils se retrouvent nez à nez avec le
Général Grievous.

CHAPITRE 5

Le face-à-face

— Une enfant ? Pour détruire ma base ? La République doit vraiment être à court de Jedi, lance le général.

— Vous devez être le Général Grievous, répond Ahsoka.

Le général éclate de rire et se met à tousser.

— Ce n'est qu'une autre boîte de conserve, les gars, continue Ahsoka avec courage. Allez, finissons-en avec lui !

La jeune fille active son sabre laser et fonce

sur le général. L'impact de son sabre vert contre l'arme bleue de Grievous projette l'aprentie par terre. L'air se charge d'électricité tandis que les clones ouvrent le feu sur le général, qui renvoie les tirs en rugissant. Il parvient à retourner un tir contre un des clones qui s'effondre en hurlant.

Grievous se met alors à charger vers eux et se débarrasse de deux autres clones en quelques mouvements de sabre bien placés. Puis il expédie Rex contre le dernier clone d'un simple coup de pied. Il s'approche du capitaine avec son sabre, prêt à en finir avec lui, mais Ahsoka se relève et bloque de justesse le coup de Grievous.

— Désolée de vous interrompre, vieux robot. Vous ne préférez pas un adversaire à votre taille ? lance-t-elle.

— Pas toi, en tout cas, réplique le général en révélant un deuxième sabre laser dissimulé sous sa cape.

Il s'avance vers Ahsoka d'un air menaçant, et la jeune fille comprend qu'elle n'est pas

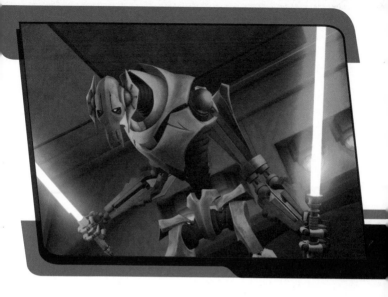

assez forte pour le battre. Elle s'enfuit dans le couloir en courant avec R3. Le droïde fonce devant elle et montre une porte à Ahsoka. Déjà, le général les rejoint et s'arrête devant la porte.

— À toutes les unités, restez en état d'alerte, commence-t-il. Il y a un second Jedi dans la base, faites attention. Emmenez le droïde R2 dans mon vaisseau.

Grievous entre dans la pièce où Ahsoka s'est réfugiée avec R3. C'est une salle de stockage remplie de machines et de pièces de moteur.

Les déchets de robots forment des passages étroits où la lumière a du mal à s'infiltrer.

— J'attends toujours le combat que tu m'as promis, petite. Alors, où es-tu ?

CHAPITRE 6

Seule avec Grievous

Ahsoka essaie de trouver un plan depuis sa cachette derrière un ordinateur. Elle lève la main et utilise la Force pour soulever un outil et le projeter contre un mur de l'autre côté de la pièce. La tactique fonctionne, car Grievous s'éloigne dans la direction opposée, attiré par le bruit. Ahsoka reçoit au même moment une transmission du Capitaine Rex dans son récepteur.

— Ahsoka, ici Rex. Nous ne sommes plus que deux. Faut-il annuler la mission ?

— Non, on continue, murmure la jeune fille. Posez les charges explosives et retrouvez-nous dans le hangar de décollage.

— Mais…

— C'est un ordre, Rex. Je m'occupe de distraire le général, conclut Ahsoka avant de couper son récepteur.

Elle entend Grievous marcher dans la pièce à sa recherche.

— Allez, viens ici, continue le général d'une voix lugubre. Tu n'as pas encore réussi à m'impressionner.

Le général se rapproche, et Ahsoka se déplace lentement pour changer de cachette. Mais soudain, à sa grande surprise, R3 se met à rouler droit vers la porte, comme s'il voulait filer !

— Hé, reviens ici ! chuchote-t-elle.

R3 tourne la tête vers la jeune fille en lâchant un *BIP*, puis il allume sa torche et la pointe sur Ahsoka.

— Non ! Qu'est-ce que tu…

Un sabre laser bleu apparaît tout à coup

devant elle. Ahsoka tente de l'éviter mais il lui frôle le poignet et fait tomber son récepteur.

— Ahsoka, nous sommes dans la salle des réacteurs, dit Rex dans l'appareil, avant que Grievous ne l'écrase avec son pied en métal.

— Tes amis ne peuvent rien pour toi. Tu es coincée ici… avec moi !

Ahsoka s'accroupit et passe sous une rangée de machines pour essayer de rejoindre la sortie, tandis que Grievous la pourchasse en riant.

Maintenant, la jeune fille ne peut plus lui échapper !

Les gardes Magna sont occupés à emmener R2 vers un turbolift, un ascenseur très rapide, pour le mettre dans le vaisseau de Grievous. Le petit droïde est en plusieurs morceaux, mais il lui reste assez d'énergie pour émettre un faible signal d'alerte.

— R2 ! s'écrie Anakin qui vient d'entendre son droïde.

Il fonce dans la salle de décodage en activant son sabre au moment où le turbolift arrive. Trois super droïdes de combat en sortent, tandis que les gardes Magna les poussent pour monter dans l'ascenseur. Les super droïdes ouvrent aussitôt le feu sur Anakin qui repousse les tirs de laser avec son sabre.

Tiens bon, R2 !

Le petit droïde tente de s'accrocher aux bords du turbolift avec son bras mécanique, mais un des Magna l'en empêche. Anakin achève le troisième super droïde et se précipite sur le turbolift, mais c'est déjà trop tard. La porte se referme sous son nez.

R2-D2 émet un *bip* aigu alors que le turbolift traverse la base. Les Magna arrivent à destination et sortent avec R2, mais un bruit strident attire leur attention.

Anakin atterrit dans l'ascenseur en perçant la paroi du dessus.

— Vous avez quelque chose qui m'appartient, lance-t-il en activant son sabre.

Les gardes Magna relâchent R2-D2 et allument aussitôt leurs bâtons électriques. Le petit droïde en profite pour s'éloigner et se mettre à l'abri à l'aide de ses rétrofusées.

Anakin est encerclé par les gardes Magna mais se défend habilement à coups de sabre laser. Il coupe en deux l'un des bâtons électriques avec précision, avant de trancher la jambe du garde désarmé.

Le Jedi se tourne vers un autre garde, et n'a besoin que de trois coups de sabre pour lui trancher le bras, et terminer par le couper en deux.

Le chef des gardes Magna s'approche d'Anakin mais R2 roule vers lui et lui envoie une décharge électrique.

— Merci, R2.

— *Bip !* fait R2-D2, qui, dans la mesure du possible pour un droïde, a l'air aussi joyeux que fatigué.

Anakin remet en place le sommet de son corps qui n'était pas très droit.

— Je suis content de te revoir. Mais tu n'as pas l'air en forme. Tu es sûr que ça va ?

— *Bip !*

L'émetteur d'Anakin commence à grésiller, comme si quelqu'un tentait de parler.

— Rex, tu m'entends ? demande Anakin. R3 ? R3, c'est toi ? J'ai retrouvé R2. Rejoins-nous dans la soute.

R2 bippe avec curiosité en entendant parler d'un autre robot.

— R3 ? Ah oui, c'est un droïde que j'ai eu en remplacement, explique Anakin. Désolé, R2.

Le droïde tourne le dos à Anakin, et émet un bref *bip* pour montrer qu'il est vexé.

— C'est Obi-Wan qui a eu l'idée. On en parlera plus tard, O.K. ?

R2 sort son antenne et contacte le *Twilight*.

— Twilight, ici le Général Skywalker. Rendez-vous immédiatement à la soute de décollage sud pour une évacuation.

— Bien reçu, Général. J'arrive, répond le pilote du *Twilight*, pendant qu'Anakin et R2 foncent déjà vers le point de ralliement.

CHAPITRE 8

Le traître

Ahsoka espère que Grievous ne la verra pas. Elle est cachée sous des restes de vaisseau, mais elle entend déjà la voix du général.

— R3, quelles sont les nouvelles ? demande-t-il.

Ahsoka est sous le choc en entendant le droïde répondre au général par une série de bips. Ce tas de ferraille doré est un traître !

— Tu nous as bien eus, murmure-t-elle.

— Skywalker est venu récupérer le droïde ?

Hé hé, ricane Grievous. Va voir si tout se passe comme prévu, et assure-toi qu'il ne s'échappe pas.

— *Bip !*

Ahsoka sent monter la colère en voyant le droïde s'en aller. Il faut trouver un moyen de prévenir Anakin.

Le Jedi entre dans la soute de décollage en compagnie de R2-D2. Le *Twilight* est déjà arrivé.

Excellent, voici notre vaisseau. Mais où sont passés tous les autres ? se demande Anakin.

Le pilote sort du vaisseau et vient saluer Anakin.

— Monsieur, regardez ! lance-t-il, alors que les portes du turbolift s'ouvrent derrière eux.

C'est R3.

— Hé, boîte de conserve, où est Ahsoka ? lui demande Anakin.

Mais le droïde passe devant lui en l'ignorant, et lâche un puissant *bip* en voyant R2. Il fonce vers un ordinateur pour se connecter.

Rex et Denal arrivent en titubant dans la soute.

— Général Skywalker !

— Les explosifs sont en place, monsieur, commence Rex.

— Où se trouve Ahsoka ?

— Elle se bat contre le Général Grievous, répond Rex.

— Toute seule ? s'inquiète Anakin.

Grievous est beaucoup plus fort que la jeune fille, même s'il n'est qu'un vulgaire tas de métal.

— Elle a fait diversion pendant que nous avons placé les charges explosives, continue Rex, conscient de la colère d'Anakin. Elle nous l'a ordonné, monsieur. R3 était avec elle.

— Il faut la retrouver ! s'écrie Anakin. R3, localise Ahsoka !

Mais le droïde ignore royalement l'ordre du Jedi.

— Je peux vous mener à elle, monsieur, propose Rex.

Le clone se précipite vers la porte mais elle se referme en un éclair avant qu'il ne puisse passer. Puis la porte de la soute se ferme à son tour, et emprisonne le *Twilight*.

— Qu'est-ce qui t'arrive ? Tu essaies de nous faire tuer ? s'exclame Anakin.

R3 fait tourner son interface dans le port de l'or-

dinateur, et un bruit se fait aussitôt entendre. Anakin aperçoit soudain trois chasseurs Vautours suspendus au plafond : c'est sûr, les droïdes les observent depuis leur arrivée dans la soute. Ils déplient leurs jambes mécaniques et se dirigent vers Anakin et les clones.

— J'ai un mauvais pressentiment, commence Rex, avant que la vérité ne saute aux yeux d'Anakin.

— Je ne vois qu'une explication. Ce droïde nous a piégés !

Un bruit strident emplit la soute alors que les Vautours se mettent en position de tir. Anakin et les clones courent se mettre à l'abri derrière un grand panneau de métal tout en tirant sur les Séparatistes.

— Capitaine, activez les détonateurs du générateur ! ordonne Anakin en repoussant les premiers tirs des robots.

— Mais nous sommes toujours DANS la base, réplique Rex avec étonnement.

— Laissez-moi m'occuper des détails.

— Très bien, monsieur !

En quelques secondes, les détonateurs sont activés.

CHAPITRE 9

La jeune Padawan

Ahsoka tient fermement son sabre laser. Elle entend clairement les pas du général qui se rapprochent de plus en plus, et elle ne pourra bientôt plus se cacher.

Mais les bruits s'arrêtent d'un coup, et Ahsoka s'inquiète. Qu'est-ce que le général mijote ? Ahsoka sort de sa cachette en retenant son souffle. Elle pousse un soupir de soulagement en voyant le couloir désert.

Soudain, une puissante main métallique

arrive au-dessus d'elle et la saisit à la gorge !
C'est Grievous, il est suspendu au plafond et
il la fixe de ses yeux jaunes !

Ahsoka tente d'activer son sabre laser, mais
le général le lui arrache des mains, et l'envoie
à l'autre bout de la pièce. Grievous se déplace
du plafond vers le mur comme une araignée,
tout en maintenant la jeune fille qui se débat
pour essayer de se libérer de l'emprise du
général.

— Un de plus pour ma collection, lance
le général en ramassant le sabre d'Ahsoka,
avant de l'activer. Ton maître a été piégé par
mon droïde espion. Quand j'en aurais fini
avec toi, j'irais m'occuper de lui.

— Vous vous trompez. Il est déjà parti, et il
va bientôt faire exploser votre base !

— Pas cette fois.

Mais à peine le général prononce-t-il cette
phrase qu'une énorme détonation fait trembler toute la structure. *BOUM !* Le sol de
la pièce se soulève et Grievous perd l'équilibre. Il relâche Ahsoka quelques secondes,

et la jeune fille a le temps de récupérer son sabre laser. Elle tranche aussitôt la main du général et s'enfuit en zigzaguant parmi les décombres produits par la secousse. Elle disparaît par une trappe de ventilation juste avant que Grievous n'ait le temps de la rattraper. Le général, fou de rage, donne des coups de sabre dans le conduit de ventilation, mais c'est trop tard.

Il hurle de colère : il vient de se faire avoir par une enfant !

CHAPITRE

10

R2 contre R3

BOUM !

Une explosion secoue encore une fois la base Séparatiste. R2-D2 et R3 glissent sur le sol de la soute de décollage, penchée à cause des secousses. Des caisses de matériel s'écrasent par terre à côté des droïdes. R2-D2 vient heurter une grande plaque de métal, et aperçoit Anakin caché derrière.

— R2, il faut que tu ouvres la porte de la soute ! lance Anakin.

— *Bip* ?

— Va voir s'il y a un autre panneau de contrôle plus loin ! lui ordonne le Jedi en pointant du doigt un accès de l'autre côté de la soute.

R2-D2 s'engouffre dans le passage, et voit un panneau de contrôle, comme Anakin l'avait prévu. Le droïde a du mal à rester debout avec toutes ces explosions qui secouent la base. Il roule vers la console qui contrôle l'ouverture de la soute et s'apprête à se connecter quand…

VLAN !

R3 lui fonce dessus et le percute !

— *Biiiiip…* fait R2-D2 en reculant sous l'effet du choc.

Il se remet rapidement en position et charge droit sur R3, qui sort deux bras métalliques de sa carcasse. R3 tente d'agripper R2-D2, mais le droïde l'en empêche en lui envoyant une décharge d'électricité foudroyante avec son œil. R3 est touché de plein fouet, et s'éteint d'un seul coup.

Un peu plus loin, un vaisseau Séparatiste sort d'un hangar caché dans la soute, et s'envole précipitamment hors de la base. C'est le Général Grievous ! Il fuit la base d'écoute qui tombe lentement vers la surface de la lune.

Si les Jedi arrivent à s'en sortir, ce sera un miracle.

Anakin, Rex et Denal se battent toujours contre les Vautours et quelques super droïdes de combat, tandis qu'Ahsoka émerge du conduit de ventilation pour les rejoindre.

La jeune fille réagit très vite. Elle atterrit

sur le Vautour le plus proche et lui plante son sabre laser dans la tête. Le robot titube quelques instants et s'effondre juste après qu'Ahsoka ne saute sur le sol.

Un autre Vautour se tourne vers la jeune fille, et Anakin en profite pour l'attaquer par en dessous, alors que Rex et Denal maintiennent leurs tirs sur les super droïdes. Il ne reste plus qu'un Vautour à abattre. Anakin et Ahsoka se mettent à l'abri.

— Alors, qu'est-ce que j'ai manqué ? demande-t-elle.

— Rien de spécial.

Ahsoka détourne un puissant tir de laser qui arrivait droit sur eux.

— C'était dangereux de vouloir affronter Grievous toute seule, la réprimande Anakin.

— C'est moi qui dirigeais la mission, et j'ai trouvé que c'était une bonne idée à ce moment-là, répond Ahsoka en haussant les épaules.

— Est-ce que Grievous t'a dit que ton stupide droïde était un espion ?

— Peut-être bien. Je crois qu'on s'est tous fait avoir sur ce coup-là.

Anakin la regarde d'un air de dire « je t'avais prévenue ». Mais ce n'est pas le moment de se disputer. Le dernier Vautour les a coincés.

CHAPITRE 11

Victoire ?

— Général Skywalker, il y a des réservoirs de carburant ici ! s'écrie Rex.

— C'est exactement ce qu'il nous fallait. Tiens-toi prêt, Rex ! lance Anakin.

Le Jedi utilise la Force pour soulever les réservoirs et les projeter sur le Vautour. Rex les fait exploser d'un tir de laser au moment où ils atteignent le droïde.

BOUM ! L'explosion produit une énorme boule de feu qui détruit complètement le Vautour et les quelques super droïdes de combat.

Au même moment, R2-D2 arrive à actionner le mécanisme de la porte, et la soute peut enfin s'ouvrir. Le *Twilight* est libre de s'en aller, et Rex court vers le vaisseau en compagnie d'Anakin, Ahsoka et Denal.

— R2 a réussi ! crie Ahsoka.

— Bien sûr qu'il a réussi ! réplique Anakin. Maintenant, allons-nous-en d'ici !

Mais R2-D2 ne les a pas rejoints.

— R2, où es-tu ? appelle le Jedi.

R2 n'a même pas le temps de se déconnecter de la console que R3 lui fonce déjà dessus. R3 a déjà rechargé ses batteries !

Mais les Jedi n'ont plus le temps d'attendre le droïde, car la base va s'écraser sur la lune dans quelques secondes. Ahsoka se met aux commandes du *Twilight* et le fait sortir de la soute. Alors que le vaisseau s'apprête à partir, Anakin s'installe dans une navette et retourne dans la base de Grievous.

— Mais qu'est-ce qu'il fait ? s'inquiète le capitaine Rex.

— Il va chercher R2… répond Ahsoka.

Anakin parvient difficilement à maintenir son vaisseau en équilibre dans la base qui s'effondre. Des éclairs surgissent du combat acharné entre les deux petits robots : R3 tente d'électrocuter R2-D2, mais celui-ci esquive et lui projette de l'huile sous les roues. R3 glisse vers le bas de la plate-forme, mais arrive à s'accrocher à l'aide de son grappin. S'il doit tomber, il tombera avec R2-D2 !

Mais R2-D2 a une idée. Il découpe le câble

de R3 avec la lame de son bras mécanique extensible. R3 part à la renverse et s'écrase quelques secondes plus tard sur la surface de la lune, tandis qu'un morceau de la base lui tombe dessus. *BAM !*

— *Bip ! Bip !* fait joyeusement R2-D2 pour célébrer sa victoire.

Soudain, il s'aperçoit que la base est sur le point de s'écraser, et bippe de façon désespérée. Est-ce qu'il va s'en sortir ?

Non ! Anakin surgit tout à coup dans son chasseur, et vient se placer à côté du droïde.

— Viens, mon fidèle R2.

CHAPITRE 12

Un ami

R2-D2 saute de la plate-forme et atterrit pile dans l'aile du vaisseau, sa place réservée, avant qu'Anakin ne sorte de la base qui explose quelques instants plus tard.

Une fois à bord du *Twilight*, Ahsoka prend soin de R2 et lui fait quelques réparations, pendant que le droïde applique des pansements sur les blessures d'Anakin. Obi-Wan observe la scène depuis son projecteur holographique. Il n'a pas l'air content.

— Si je comprends bien, Anakin, tu as failli faire échouer la mission, tu as risqué la vie de tes hommes et même de ton apprentie pour un… droïde ?

— R2 a trouvé la base d'écoute, et nous a sauvé la vie, lui fait remarquer Anakin. On ne pouvait pas le laisser ici, Obi-Wan.

— Anakin… un jour… un jour…

Obi-Wan sait qu'il n'y a rien à ajouter : Anakin n'en fera toujours qu'à sa tête.

Ahsoka lance un regard vers l'hologramme d'Obi-Wan, qui met fin à la transmission.

— Je suis heureuse d'avoir retrouvé R2, Maître, mais je pense qu'Obi-Wan a raison.

— Je savais que tu remplirais ta mission, jeune padawan, répond Anakin en souriant. Et puis, R2 est plus qu'un droïde, c'est un ami.

FIN

Prêt pour de nouvelles aventures intergalactiques ? Alors tourne vite la page !

La guerre des clones est loin d'être terminée : Anakin, Obi-Wan et Ahsoka protègent la République dans le 4ᵉ tome de la série, *Un nouveau disciple*

Tome 4 : Un nouveau disciple

Tourne vite la page pour découvrir un extrait du tome 4 !

CHAPITRE 1

Combat

Sur la planète Christophsis, les combats s'intensifient. Des tirs de rayons laser font exploser les vitres d'un gratte-ciel. Anakin Skywalker prévient ses clones du danger.

— Attention, ils reviennent !

Anakin et Obi-Wan se sont battus dans toute la ville contre des petites unités de droïdes. Ils ont remporté une bataille, et le calme semble revenu. Leur victoire est malheureusement de courte durée. Un nouvel escadron de droïdes se dirige droit vers eux.

— Je t'avais dit que ça paraissait trop facile. Nous n'aurions jamais dû envoyer le vaisseau chercher du matériel. Nous devrions être plus nombreux à nous battre ici, dit Obi-Wan.

— Ce n'était pas mon idée, proteste Anakin.

Le jeune Jedi est très orgueilleux et il déteste reconnaître qu'il a tort. Pourtant c'est un défaut très dangereux pour un Jedi. Obi-Wan évite de répondre à son ancien élève : ce n'est vraiment pas le moment de lui faire la leçon !

Le général Jedi se tourne face au groupe de clones qui s'est rassemblé derrière eux. Les soldats sont tous équipés des mêmes armures blanches ultra-résistantes qui recouvrent chaque partie de leur corps. Les clones sont armés de DC-15, un fusil à plasma surpuissant, capable de réduire en miettes n'importe quel droïde.

— Prêt pour le deuxième tour ? dit Obi-Wan.

Anakin s'approche d'un des soldats. Les plaques métalliques bleues sur ses épaules, ses genoux et son casque ne font aucun doute : c'est Rex, le capitaine des clones.

— Rex, rassemble tes soldats et suis-moi, ordonne Anakin.

Ils courent vers une rue voisine. Obi-Wan reste seul avec le commandant Cody et une poignée de clones.

L'escadron ennemi se dirige vers eux : Obi-Wan réunit ses troupes derrière lui. Les droïdes de combat et leurs fusils d'assaut sont en première ligne, et à quelques mètres de là se trouvent les super droïdes. D'allure massive, ils sont équipés d'armures gris foncé et chacun d'entre eux possède un double fusil laser intégré dans le bras droit.

Les troupes ennemies sont encadrées par deux droïdes araignée. Ils se déplacent sur quatre grandes pattes articulées surmontées de gigantesques têtes. Celles-ci sont équipées de plusieurs petits canons lasers, ainsi que de deux yeux rouges qui leur donnent un air sinistre.

Contrairement aux clones, les Jedi ne sont pas lourdement armés, mais ils sont bien plus rapides que n'importe quel droïde de l'armée Séparatiste. Obi-Wan porte des bottes et une tunique beige par-dessus son armure légère. Elle protège uniquement sa poitrine et ses bras. Anakin a des vêtements sombres. Ils ne se battent pas avec des fusils laser, comme les soldats, mais sont restés fidèles à l'arme légendaire des Jedi : le sabre laser.

— En formation de combat ! crie Obi-Wan.

L'assaut est lancé ! Les clones foncent droit vers les rangées de droïdes qui arrivent vers eux. L'air se remplit d'explosions de lumière lorsque les soldats tirent les premières salves de rayons laser. Les clones sont bien protégés par leurs armures, et ils continuent d'avancer sous le feu des armes. Obi-Wan utilise son sabre laser bleu comme un bouclier, et se fraye habilement un chemin à travers les droïdes.

Il parvient sans peine à fendre les armures de métal des soldats.

Le commandant Cody est très occupé lui aussi. Il tire à l'aide de son DC-15, mais chaque fois qu'il abat un soldat, un autre apparaît juste derrière lui.

— Le Général Skywalker aurait déjà dû arriver !

— Ne t'inquiète pas, il sait ce qu'il fait ! répond Obi-Wan.

De l'autre côté, Anakin est prêt à intervenir. Il a déplacé ses troupes derrière l'attaque des droïdes, et s'est protégé dans une grande sphère d'énergie. D'un coup d'œil, il analyse la situation : les droïdes les plus forts ont été gardés pour la fin des combats. Trois grands Octuptarra apparaissent en faisant trembler le sol. On dirait des droïdes araignée, mais en deux fois plus grands ! Ils se déplacent sur trois énormes pattes articulées. Leurs sommets arrondis peuvent tourner à trois cent soixante degrés, et ils tirent dans toutes les directions.

— Quel est notre plan, Maître ? demande un soldat.

— Suivez-moi, répond Anakin avec un grand sourire.

Il bondit hors de la sphère protectrice en faisant un saut périlleux, et atterrit sur le dessus d'un des Octuptarra. Le monstre est pris de panique. Il secoue la tête dans tous les sens pour faire tomber le Jedi.

Anakin évite les tirs d'un autre Octuptarra, et plante son sabre laser dans la tête du droïde. Il saute par terre avant que le robot ne s'écroule, et fonce droit devant, suivi de près par les clones.

Les droïdes de combat ne comprennent pas tout de suite qu'ils sont attaqués par-derrière, et ils tirent n'importe où sous l'effet de surprise. Anakin saute sur un autre Octuptarra et s'en débarrasse pendant que les clones continuent leur attaque. Avant de descendre du robot, il aperçoit Obi-Wan et ses troupes qui arrivent droit devant en détruisant tous les droïdes sur leur passage. Leur plan fonctionne !

C'est presque trop facile. Anakin s'occupe du dernier Octuptarra en quelques instants, et file rejoindre la bataille.

Obi-Wan et ses clones se frayent un chemin vers Anakin, à l'arrière. Ils se retrouvent au milieu du champ de bataille, entourés de débris de droïdes. Hélas ! La victoire n'a pas duré longtemps : d'autres armées de robots arrivent en soutien.

— On a besoin de renforts, dit Anakin.

— Mais nous n'avons pas pu établir de contact avec l'Amiral, répond Obi-Wan.

Plus loin dans la rue, le capitaine des droïdes est devant l'hologramme du Général Whorm Loathsom, un des leaders Séparatistes. Loathsom n'est pas un robot, c'est un être de chair et de sang, mais son apparence est trompeuse. Il a une très grande tête bleue et couverte d'écailles, et des défenses d'éléphant sortent de sa petite mâchoire inférieure.

— Nous ne pouvons pas passer leurs canons, général, explique le capitaine.

— Et nous n'y arriverons jamais, répond Loathsom d'une voix aussi sèche que le sable de Tatooine. Nous devons faire marche arrière et utiliser nos boucliers défensifs. Ramenez les troupes !

L'hologramme disparaît et le capitaine fait passer le message.

— On se replie ! On se replie !

— *Bien reçu, bien reçu*, répondent les droïdes à l'unisson.

Ils font immédiatement marche arrière vers leur forteresse.

— Ils se retirent ! dit Anakin.

Obi-Wan regarde les robots s'éloigner, puis lève la tête. Au-dessus d'eux se trouve une navette de la République ! Le vaisseau blanc et rouge est un signe du destin.

— On dirait que les renforts sont là ! s'exclame Obi-Wan avec soulagement.

Fin de l'extrait

**Tu as aimé cet extrait ?
Pour tout savoir sur ta série,
connecte-toi vite au site
www.bibliothequeverte.com**

Découvre les missions des Jedi !

1. L'invasion droïde

2. Les secrets de la République

4. Un nouveau disciple

5. La trahison de Dooku

6. Le piège de Grievous

7. Le plan de Darth Sidious

TABLE

Imprimé en France par Jean-Lamour - Groupe Qualibris
Dépôt légal : juin 2010
20.07.1885.1/02 ISBN : 978-2-01-201885-3
Loi n° 49956 du 16 juillet 1949
sur les publications destinées à la jeunesse